# DISCOURS

## *PRONONCÉS*

# DANS L'ACADÉMIE FRANÇOISE,

Le Jeudi 22 Décembre M. DCC. LXIII.

*A LA RECEPTION*

## DE M. MARMONTEL.

A PARIS,

Chez REGNARD, Imprimeur de l'Académie Françoife,
au Palais, & rue baffe des Urfins.

M. DCC. LXIII.

*M.* MARMONTEL *ayant été élu par Meſſieurs de l'Académie Françoiſe, à la place de M.* DE BOUGAINVILLÉ, *y vint prendre ſéance le Jeudi 22 Décembre* 1763 *, & prononça le Diſcours qui ſuit.*

# MESSIEURS,

LORSQUE des Hommes qui ont éclairé leur ſiècle , illuſtré leur Patrie , enrichi & conſacré la Langue par des Ouvrages immortels, obtiennent l'honneur d'être aſſis parmi vous, ils vous apportent leur gloire en échange de vos ſuffrages ; & le nouveau luſtre qu'ils donnent à l'Académie, ſe joint à l'éclat qu'elle répand ſur eux.

Mais le talent foible & timide qui vient ſe jetter dans vos bras, que vous daignez y recevoir,

& à qui vous rendez l'espoir & le courage, vous doit tout avant d'avoir rien mérité ; & moins vous avez exigé de lui, plus vous avez droit d'en attendre. Ma reconnoissance envers vous, Messieurs, n'est donc pas le tribut d'un moment, c'est le devoir de toute ma vie : je l'employerai à justifier mon ambition & vos espérances. Heureux si je pouvois adoucir vos regrets sur la perte de l'Homme de Lettres dont je viens occuper la place !

Dans ses Ecrits, comme dans ses mœurs, tout fut louable, & rien n'annonçoit le vain désir d'être loué. Avec les talens qui rendent célèbre, il n'aspira qu'à l'honneur d'être utile.

Sans lui le Poëme de l'Anti-Lucrèce seroit peut-être encore étranger parmi nous. Ce Poëme écrit en Latin, étoit une espèce d'injure faite à notre Langue par l'un des Hommes qui la parloit avec le plus de grace & de facilité. M. le Cardinal de Polignac regardoit la pompe & l'harmonie des vers latins, comme un avantage qu'il étoit dangereux de laisser à son ennemi ; & pour l'attaquer il prit les mêmes armes.

M. de Bougainville osa croire que la vérité dans tout son éclat, pouvoit se passer de l'illusion ; que les deux objets les plus sublimes où l'intelligence humaine pût s'élever, la Religion & la Nature, n'avoient pas besoin, pour nous attacher, du foible artifice des vers. A ce prestige il substitua le charme d'une prose nombreuse, & il eut soin d'y réunir la précision, la clarté, la justesse, l'élégance & le coloris; qualités qu'il eût été peut-être impoffible de concilier avec la gêne de traduire en vers un Poëme qui demandoit l'exactitude la plus fidelle.

Il fit plus encore; & dans la crainte d'avoir affoibli les graces de l'original, il voulut du moins y fuppléer par un nouveau degré de force & de lumière. Il donna donc à l'Anti-Lucrèce un frontifpice auffi éclatant que folide, le parallèle raifonné de la doctrine d'Epicure & des anciens Matérialiftes, avec celle de fon Auteur : expofé fidelle & frappant, où l'on voit l'erreur fe détruire elle-même, & tomber confondue aux pieds de la Religion, pour en affurer le triomphe.

Ce fervice rendu aux Lettres lui obtint les fuffrages d'une Académie qui doit, Messieurs, la naiffance à la vôtre, & qui foutient avec tant d'éclat la gloire de fon origine ; Société favante & laborieufe que l'on croit voir, le flambeau à la main, errant fur les débris du monde, lutter fans ceffe contre le temps, pour lui arracher la vérité qu'il s'efforce d'enfevelir.

Après avoir partagé ces travaux avec autant de fuccès que de zèle, M. de Bougainville fut chargé du foin d'en rédiger l'hiftoire. Les volumes qu'il en a donnés atteftent la variété & l'étendue de fes connoiffances, l'exactitude, la netteté, la facilité de fon efprit, la précifion & la pureté de fon ftyle.

Mais un foin plus touchant pour lui fut d'ho-

norer par des éloges la mémoire des Homme
recommandables que la mort enlevoit à fa Com
pagnie. Et qui mieux que lui pouvoit s'acquitte
d'un emploi qui demande un cœur droit, un dif-
cernement jufte, une plume éloquente, une ame
également au-deffus des baffeffes de l'envie & de
celles de l'adulation ?

Dans fes Eloges il s'eft peint lui-même :
ou y voit par-tout le goût du vrai, l'amour du
bien, une fenfibilité délicate pour le mérite &
la vertu, quelquefois même la franchife d'un bon
Citoyen, qui dans les grandes chofes dédaigne les
petits égards ; efpèce de courage qu'on doit re-
garder comme l'héroïfme des Gens de Lettres.

Avec le même zèle qu'il loua les talens, il loua
ceux qui les avoient aimés. Dans l'éloge qu'il a
fait de M. le Cardinal de Rohan, c'eft la vérité
qui peint la vertu, mais la vertu avec tous fes at-
traits, parée des graces de l'efprit, unie à tous les
dons de plaire, décorée de tout l'éclat des digni-
tés & de la naiffance ; telle enfin qu'elle fe montre
aux hommes, quand elle veut rentrer dans tous
fes droits. Je vous rappelle, MESSIEURS, une
perte fenfible, mais vous en êtes dédommagés : le
plus doux de vos vœux eft rempli ; le même nom
revit dans vos faftes ; les Mufes repofent fous le
même ombrage.

Tant qu'il y aura des grands dignes de l'être,
jamais les Mufes ne manqueront d'appui. L'amour
des Lettres eft de tous les goûts le plus naturel

aux belles ames : il tient à l'amour de la gloire & à l'amour de l'humanité. Qu'on ne s'étonne donc pas de voir dans tous les siècles éclairés, & singulièrement dans le nôtre, les Rois, les Peuples se disputer la possession des Hommes de génie. Cet honneur, que plusieurs d'entre vous, Messieurs, ont si modestement reçu, est comme un droit acquis aux Hommes éloquens & aux Sages. La nature leur a donné l'empire de l'opinion ; leur voix est celle de la renommée ; & de tout le bruit qu'auront fait dans leur temps les plus belles actions des mortels, la postérité n'entendra que le témoignage des Gens de Lettres, placés d'âge en âge comme autant d'échos qui retentissent dans l'avenir. Ce n'est point en passant de bouche en bouche, que les faits, que les noms dignes de mémoire peuvent échapper aux outrages de la barbarie & du temps. Il faut, pour les en garantir, qu'un Historien vrai les écrive, qu'un digne Orateur les célèbre, qu'un Poëte inspiré les chante, qu'un Philosophe les apprécie. Eux seuls se soutiennent par eux-mêmes au-dessus du vaste abîme de l'oubli, & rien n'y surnage qu'avec eux & par eux.

Cette vérité, Messieurs, si flatteuse pour les Lettres, semble avoir frappé votre illustre Fondateur. Tandis qu'occupé des plus grandes vues, il repoussoit la guerre au-dehors, enchaînoit la discorde au-dedans, affermissoit le Trône de son Roi, & consommoit à force de courage, de constance

& d'habileté , le grand deffein de ramener l'Etat
à l'unité de pouvoir & d'obéiffance ; ce Miniftre,
à qui la flatterie compare tous ceux qu'elle veut
louer, comptoit au nombre de fes projets celui
de fonder cette Académie. Il étoit bien jufte
qu'après le foin de mériter fa gloire, il n'en
eût pas de plus preffant que celui de l'éter-
nifer.

Plus le témoignage des Lettres lui devoit être
avantageux, plus il voulut le rendre impofant ; &
pour donner aux talens plus d'autorité, il en fit
un Corps honorable. Il fentit combien il étoit im-
portant qu'une claffe d'hommes fur la foi defquels
les fiècles fe jugent l'un l'autre , qu'une Société
difpenfatrice de la louange & du blâme, & qui
donne ou refufe à fon gré la plus belle des ré-
compenfes, la gloire & l'immortalité, eût dans fa
conftitution même un caractère de dignité qui lui
impofât la loi d'être jufte. C'eft dans cette vue
qu'il vous réunit ; & ce fut dès-lors, MESSIEURS,
que les Lettres formèrent un état dans l'ordre public ; époque mémorable pour elles. Mais leur titre le plus glorieux fut la protection immédiate de
nos Rois accordée à l'Académie.

Les Mufes éplorées autour du tombeau de l'il-
luftre Seguier, redemandoient au Ciel leur appui.
LOUIS XIV les voit, les appelle , leur tend une
main triomphante , & les invite à venir s'affeoir
au pied du Trône, à l'ombre des lauriers. Quelle fa-
veur plus fignalée ! mais auffi quel en eft le prix ! Je

n'ai garde de vouloir honorer les Lettres aux dépens de la renommée de ce grand Roi: il la mérita toute entière. Mais c'étoit aux Lettres à la perpétuer.

En vain la Nature sembloit avoir exprès choisi son règne & ses Etats, pour y faire naître les Arts & le génie dans tous les genres ; en vain ce Monarque lui-même par son discernement dans le choix des hommes, par son habileté dans l'emploi des talens, avoit su mettre en valeur l'ouvrage de la Nature, & en seconder les efforts ; sa mémoire l'eût suivi de près au tombeau, si les Lettres ne l'en avoient sauvée. Ce Roi fit fleurir l'Eloquence & la Poësie ; l'Eloquence & la Poësie le feront revivre à jamais ; & le marbre & l'airain qui nous le rappellent seront réduits en poudre, lorsque les Ecrits où sa gloire est vivante feront l'entretien & l'admiration de tous les Peuples de l'Univers.

Oublions toutefois l'intérêt qu'ont eu les grands Hommes à protéger les Lettres, & n'en considérons que le charme & l'attrait. Quelle jouissance plus douce pour celui qui les encourage, que de développer les germes du génie ? La Nature a-t-elle des productions plus rares ? Est-il un spectacle plus digne d'une ame élevée & sensible, que de voir la Poesie animer ses tableaux, l'Eloquence déployer ses ressorts, l'Histoire percer la nuit des temps, la Philosophie lever le voile de la Nature, de nouvelles générations d'idées éclore du sein d'un petit nombre d'hommes, & se répandre dans tous les esprits? Les Lettres sous ce point de vue peuvent-elles ne pas attacher les regards des Rois, des Héros & des Sages?

Mais c'est à ceux mêmes qui cultivent les Lettres que le commerce en est précieux. Que ne puis-je en exprimer l'avantage comme je le sens! Que ne puis-je avec tous les vrais Citoyens de la République Littéraire, voir ce qu'ils ont tant souhaité, les talens unis & d'intelligence! Non, ce n'est point un vœu chimérique. L'amitié, ce lien des cœurs, est des dons du Ciel le plus rare: il l'est parmi les Gens de Lettres, comme il l'est dans tous les états. Mais le commerce, l'accord des esprits, ce goût mutuel qui les attire, ce besoin de se communiquer, ce plaisir délicat qu'ils éprouvent à s'éclairer, à s'animer l'un l'autre, cette union, dis-je, a fait dans tous les temps le bonheur & la gloire des Lettres. Le siècle passé la vit régner parmi ses Ecrivains les plus célèbres. Elle est la même & plus paisible encore, entre les premiers talens de nos jours. Plusieurs en ont goûté les charmes auprès de ce Génie aimable qui manque ici à mon bonheur ; auprès de cet homme universel qui m'a permis de l'appeler mon Maître, lui qui dans Athènes auroit eu pour disciples les Euripides & les Xenophons. Pourquoi son exemple & le vôtre, MESSIEURS, n'engageroient-ils pas les Gens de Lettres à s'honorer par l'intimité de leur union ? Leur gloire en dépend, leur befoin les en preffe, leurs fuccès y font attachés.

Je ne parle point du goût que leur commerce épure, des fineffes de l'art qu'il décèle, des replis de la Nature qu'il développe, des traits délicats qu'il y fait faifir ; je me borne au courage, à l'émulation qu'il infpire, à l'effor qu'il fait prendre aux idées, à l'enthoufiafme qu'il donne aux talens ; le dirai-je ? à cette efpèce d'électricité que les efprits fe communiquent, fitôt que l'intérêt de l'art vient les animer & les mettre en action.

Voyez l'Homme de Lettres dans fa folitude ; épuifé de fatigue & de veilles, plein d'inquiétude & d'allarmes, ayant fans ceffe devant les yeux un public difficile & févère, découragé, tantôt par les difficultés de l'art, tantôt par les variations du goût : une ombre l'effraye ; il fe craint lui-même : s'il lui vient une lueur d'efpoir, c'eft un trait de préfomption ; il fe défie de fa confiance. Livré à lui-même, il ne fent pas fes forces : il n'ofera jamais tout ce qu'il peut. Qui levera le foible obftacle qui l'arrête au milieu de fa courfe ? Qui le ramenera dans la voie, d'où peut-être il n'eft éloigné que d'un pas au moment qu'il fe croit égaré ? Sera-ce celui qui s'amufe des Lettres ? Non, mais celui qui s'en occupe. Le monde eft pour un Ecrivain une école de bienféance, de délicateffe, de politeffe & d'agrément ; mais pour les coups de lumière & de force, les grandes vues, les hardis desseins, il doit consulter ses pareils. Il les consulte; il est ranimé. L'espoir renaît, les craintes se dissipent, les difficultés s'applanissent. Ce n'est point une critique froide, minutieuse, stérile qui préside à leur examen; c'est une critique sévère, mais lumineuse & féconde en ressources: c'est peu d'éclairer, elle inspire; & quel est l'Homme de Lettres, MESSIEURS, qui n'est pas redevable d'une partie de sa gloire à de telles inspirations ? Combien de traits de génie ont attendu qu'une idée étrangère les fît éclore; semblables à ces feux rapides & brillans qu'une étincelle fait éclater ? Qui fait ce que Racine, Despréaux, Molière & La Fontaine se devoient réciproquement ?

Mais ce commerce si intéressant du côté de l'esprit, peut l'être encore plus du côté de l'ame; &, j'ose le dire à la gloire de mon siècle, jamais l'émulation des vertus n'a plus ennobli celle des talens; jamais des mœurs si pures n'ont honoré les Lettres; jamais votre exemple n'a été mieux suivi. Et quelle épreuve n'ai-je pas faite de la sensibilité, de l'élévation d'ame qu'un Homme de Lettres est sûr de trouver dans ceux de son état ? Qui fait mieux que moi avec quelle chaleur le fort y protége le foible; combien leur estime est solide, leur bienveillance active, leur amitié constante, & combien ce qui feroit pénible & courageux pour des ames vulgaires, paroît simple

& facile à ces cœurs généreux? Pardonnez-moi, MESSIEURS, ce retour fur moi-même. C'eſt peu pour moi que le ſouvenir de ce que je dois aux Gens de Lettres ſoit gravé au fond de mon cœur; je veux pour le rendre immortel, qu'il ſoit conſacré dans vos faſtes.

Mais pourquoi dans la Société Littéraire voit-on les eſprits ſe concilier, ſe rapprocher de plus en plus? C'eſt que la raiſon, quoi qu'on en diſe, fait d'heureux progrès parmi nous; c'eſt qu'à meſure que les hommes s'éclairent, ils ſentent mieux le beſoin de s'aimer; c'eſt que tout ſe reſſent de l'exemple d'un Roi à qui l'orgueil eſt odieux, & qui ne connoît d'autre gloire que celle d'être bienfaiſant & juſte.

Voilà, MESSIEURS, le Héros que les Muſes doivent ſe plaire à célébrer. Malheur à elles, ſi elles flattoient l'ambition & la violence. C'eſt aux Furies à s'abreuver de ſang & à ſe baigner dans les larmes. Les Muſes ſont filles de la Paix; elles doivent aimer leur mère. Leur règne eſt donc celui d'un bon Roi. C'eſt une ame ſenſible, équitable & modeſte qu'elles aiment à contempler ſur le plus beau Trône de l'Univers: la reconnoiſſance & les vœux de la terre ſont le tribut qu'elles lui preſentent; ſeul hommage digne d'un Roi, qui, abſolu dans ſa puiſſance, n'a pour volonté que l'amour de l'ordre, du bien public & de la paix. Avec la force, un Roi ſe fait craindre, & c'eſt un avantage que les Tyrans peuvent diſputer aux Héros : mais l'inébranlable empire de l'amour n'eſt réſervé qu'à la vertu même ; & ſi LOUIS en partage la gloire, ce n'eſt qu'avec le petit nombre de Rois modérés, ſages & bien-faiſans qui ont fait les délices du monde.

## Réponse de M. BIGNON, Directeur de l'Académie Françoise, au Discours de M. MARMONTEL.

DANS une carrière différente, avec des talens d'un autre genre, M. de Bougainville eut avec vous, MONSIEUR, ces rapports qui distinguent des autres hommes les esprits nés pour la gloire ; il leur suffit de l'avoir prise pour guide, & tous les pas qu'ils font ensuite les conduisent au but qui en fait la récompense la plus brillante. Trois prix que vous ayez remportés dans cette Académie, nous ont annoncé les talens dont vous avez depuis donné tant de preuves.

Pour parvenir aux honneurs de la Littérature, M. de Bougainville ne fut recommandé que par ses talens ; il ne se présenta à l'Académie des Belles-Lettres qu'avec les prix qu'il avoit remportés : c'étoit y entrer en triomphe.

La Traduction de l'Anti-Lucrèce décida sa réputation. La Préface, remplie de pensées aussi solides que brillantes, honore le Poëme, & associe le Traducteur à la gloire de l'Auteur : interprète fidèle, mais sans esclavage, il a su rendre dans notre Langue, par d'heureux équivalens, toutes les beautés d'une Langue étrangère. Pour mé-

C

nager la modestie de la nôtre, si délicate sur l'expression, avec quelle ingénieuse adresse, sans altérer le dessein de l'Auteur, a-t-il substitué la végétation des arbres & des plantes à tout ce que la liberté de la Langue Latine avoit permis de mettre sur la génération des animaux!

Secrétaire de l'Académie des Belles-Lettres à un âge où l'on ose à peine aspirer au titre d'Associé, il en a rempli les devoirs avec autant de capacité que d'exactitude. Les Eloges qu'il a faits de ses Confrères, forment en même temps le plus glorieux Panégyrique de son esprit & de son cœur : c'est l'érudition, c'est la vertu qui se représentent elles-mêmes sous diverses attitudes. Dans la partie historique des Mémoires, il présente les idées de ses Confrères dans le point de vûe le plus favorable, il y répand sa chaleur & leur prête de nouvelles graces.

Il a fait plus encore pour M. Freret auquel il avoit succédé ; il a, pour ainsi dire, prolongé ses jours ; il l'a fait vivre après sa mort, en mettant la dernière main à de savans Ouvrages que cet illustre ami n'avoit pas eu le temps d'achever : c'étoit lui donner une portion de sa propre vie, présent d'autant plus généreux qu'il ne pouvoit se flatter qu'elle dût être d'une longue durée. Un asthme opiniâtre, contracté dès sa première jeunesse, interrompoit ses études par de fréquentes attaques, & l'obligea enfin d'abandonner le poste laborieux qu'il occupoit dans l'Académie des Belles-Let-

tres. Notre Académie, qui en avoit fait l'acquisi-
tion quelques années auparavant, gagna ce que
l'autre perdoit ; il n'en montra que plus de zèle à
se consacrer à nos travaux, & n'en devint que plus
assidu à nos assemblées.

Une santé si chancelante n'avoit pas affoibli
les ressorts de son esprit. Toujours ardent, toujours occupé de projets littéraires, il se préparoit
à composer une Histoire de Hongrie : il avoit ras-
semblé dans ce dessein un grand nombre de ma-
tériaux, & tout son plan étoit déjà formé. Quel
regret pour nous de perdre avec lui une Histoire
aussi importante qu'elle est peu connue, dans la-
quelle il auroit développé tous ses talens, cette
clarté méthodique qui lui étoit propre, cette
abondance aussi riche en pensées qu'en expressions, cette heureuse facilité qui savoit flatter
l'oreille, sans cesser de nourrir l'esprit ! C'étoit
pour acquérir cette perfection de style, que sans
se livrer à la Poësie, il l'avoit toujours cultivée.
Franc & ouvert dans tous ses procédés, il ne fit
jamais de secret que de ses vers : c'est peut-être
en cela seul qu'on peut dire qu'il n'étoit pas Poëte.
Il ne les communiquoit qu'à ses amis particuliers :
c'est par eux que l'on a su qu'il avoit compo-
sé une Tragédie intitulée *la mort de Philippe*,
dont un morceau qui a été lu, & qui fait partie
de son éloge, a mérité des applaudissemens ; mais
il respectoit le Public, & il ne vouloit lui pré-
senter cette Pièce, qu'après y avoir donné toute

la perfection dont il s'étoit formé l'idée sur les préceptes & les modèles des plus grands Maîtres.

Mais sa plus noble occupation, & celle qui lioit plus intimement ses sentimens avec les nôtres, c'étoit l'illustre emploi de composer l'Histoire Métallique de notre auguste Protecteur : c'est là qu'expliquant les médailles qui représentent les événemens glorieux de notre Monarque, il pouvoit employer sans cesse de nouveaux tours, & les expressions les plus vives pour peindre cet amour, ce zèle, cette reconnoissance dont chacun de nous ici est pénétré, & qui nous feroit ambitionner le même emploi pour consacrer nos sentimens à la postérité la plus reculée.